265. VERLAINE (Paul).- Chair (dernières poésies).- Paris,
Bibliothèque artistique et littéraire, 1896.
    Edition originale.
    Exemplaire comportant des corrections et des
additions de la main de Verlaine.

PAUL VERLAINE

CHAIR

(dernières poésies)

FRONTISPICE INÉDIT DE FÉLICIEN ROPS

PARIS

BIBLIOTHÈQUE ARTISTIQUE & LITTÉRAIRE

31, rue Bonaparte, 31

1896

CHAIR

PAUL VERLAINE

CHAIR

(dernières poésies)

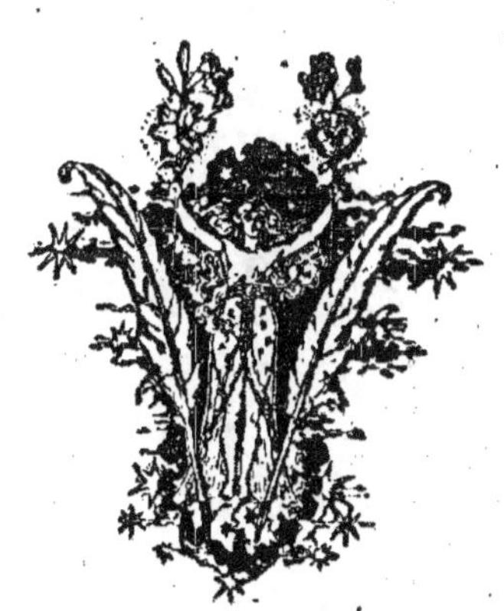

PARIS
BIBLIOTHÈQUE ARTISTIQUE & LITTÉRAIRE
31, rue Bonaparte, 31
1896

L'AMOUR est infatigable !
Il est ardent comme un diable,
Comme un ange il est aimable.

L'amant est impitoyable,
Il est méchant comme un diable,
Comme un ange, redoutable,

Il va rôdant comme un loup
Autour du cœur de beaucoup
Et s'élance tout à coup

Poussant un sombre hou-hou !
Soudain le voilà roucou-
Lant ramier gonflant son cou.

Puis que de métamorphoses !
Lèvres rouges, joues roses,
Moues gaies, ris moroses,

Et, pour finir, moulte chose
Blanche et noire, effet et cause :
Le lys droit, la rose éclose..

CHANSON POUR ELLES

Ils me disent que tu es blonde
Et que toute blonde est perfide,
Même ils ajoutent, « comme l'onde. »
Je me ris de leur discours vide !
Tes yeux sont les plus beaux du monde
Et de ton sein je suis avide.

Ils me disent que tu es brune,
Qu'une brune a des yeux de braise
Et qu'un cœur qui cherche fortune
S'y brûle... O la bonne foutaise !
Ronde et fraîche comme la lune,
Vive ta gorge aux bouts de fraise !

Ils me disent de toi, châtaine :
Elle est fade, et rousse ; trop rose.
J'encague cette turlutaine
Et de toi j'aime toute chose
De la chevelure, fontaine
D'ébène ou d'or (et dis, ô pose —
Les sur mon cœur) tes pieds de reine..

Autre

CAR tu vis en toutes les femmes
Et toutes les femmes c'est toi,
Et tout l'amour qui soit, c'est moi
Brûlant pour toi de mille flammes.

Ton sourire tendre ou moqueur,
Tes yeux, mon Styx ou mon Lignon,
Ton sein opulent ou mignon
Sont les seuls vainqueurs de mon cœur.

Et je mords à ta chevelure
Longue ou frisée, en haut, en bas,
Noire ou rouge et sur l'encolure
Et là ou là — et quels repas !

Et je bois à tes lèvres fines
Ou grosses, — à la Lèvre, toute !
Et quelles ivresses en route,
Diaboliques et divines !

Car toute la femme est en toi
Et ce moi que tu multiplies
T'aime en toute Elle et tu rallies
En toi seule tout l'amour : Moi !

Car mon cœur, jamais fatigué
D'être ou du moins de le paraître,
Quoi qu'il en soit, s'efforce d'être
Ou de paraître fol et gai.

Mais, mieux que de chercher fortune
Il tend, ce cœur, dur comme l'arc
De l'Amour en plâtre du parc,
A se détendre en l'autre et l'une

Et les autres ; des cibles qu'on
Perçoit aux ventres des nuages
Noirs et rosâtres et volages
Comme tels désirs en flocon.

Logique

Quand même tu dirais
Que tu me trahirais
Si c'était ton caprice,
Qu'est-ce que me ferait
Ce terrible secret
Si c'était mon caprice ?

De quand même t'aimer,
— Dusses-tu le blâmer,
Ou plaindre mon caprice,
D'être si bien à toi
Qu'il ne m'est dieu ni roi
Ni rien que ton caprice ?

Quand tu me trahirais,
Eh bien donc, j'en mourrais
Adorant ton caprice ;
Alors que me ferait
Un malheur qui serait
Conforme à mon caprice ?

Assonances galantes

I

Tu me dois ta photographie
A la condition que je
Serai bien sage — et tu t'y fies !

Apprends, ma chère, que je veux
Etre, en échange de ce don
Précieux, un libertin que

L'on pardonne après sa fredaine
Dernière en faveur d'un second
Crime et peut-être d'un troisième.

Cette image que tu me dois
Et que je ne mérite pas,
Moyennant ta condition

Je l'aurais quand même tu me
La refuserais puisque je
L'ai là, dans mon cœur, nom de Dieu !

II

Là ! je l'ai, ta photographie
Quand t'étais cette galopine
Avec, jà, tes yeux de défi,

Tes petits yeux en trous de vrille,
Avec alors de fiers tétins
Promus en fiers seins aujourd'hui.

Sous la longue robe si bien
Qu'on portait vers soixante-seize
Et sous la traîne et tout son train,.

On devine bien ton manège
D'alors .jà, cuisse alors mignonne,
Ce jourd'huy belle et toujours fraîche ;

Hanches ardentes et luronnes,
Croupe et bas-ventre jamais las,
A présent le puissant appât,

Les appas, mûrs mais durs qu'appètent
Ma fressure quand tu es là
Et quand tu n'es pas là, ma tête !

III

Et puisque ta photographie
M'est émouvante et suggestive
A ce point et qu'en outre vit

Près de moi, jours et nuits, lascif
Et toujours prêt, ton corps en chair
Et en os et en muscles vifs

Et ton âme amusante, ô chère
Méchante, je ne serai « sage »
Plus du tout et zut aux bergères

Autres que toi que je vais sac-
Cager de si belle manière ;
— Il importe que tu le saches —

Que j'en mourrai, de ce plus fier
Que de toute gloire qu'on prise
Et plus heureux que le bonheur !

Et pour la tombe où mes sens gisent,
Toute belle ainsi que la vie,
Mets, dans son cadre de peluche,

Sur mon cœur, ta photographie.

LES MÉFAITS DE LA LUNE

Sur mon front, mille fois solitaire,
Puisque je dois dormir loin de toi,
La lune déjà maligne en soi,
Ce soir jette un regard délétère.

Il dit ce regard — pût-il se taire !
Mais il ne prétend pas rester coi, —
Qu'il n'est pas sans toi de paix pour moi ;
Je le sais bien, pourquoi ce mystère,

Pourquoi ce regard, oui, lui, pourquoi ?
Qu'ont de commun la lune et la terre ?
Bah, vite reviens, assez de mystère ?
Toi, c'est le soleil, luis clair sur moi !

Money !

Ah oui, la question d'argent !
Celle de te voir pleine d'aise
Dans une robe qui te plaise,
Sans trop de ruse ou d'entregent ;

Celle d'adorer ton caprice
Et d'aider, s'il pleut des louis,
Aux jeux où tu t'épanouis,
Toute de vice et de malice.

D'être là, dans ce Waterloo,
La vie à Paris, de réserve,
Vieille garde que rien n'énerve
Et qui fait bien dans le tableau ;

De me priver de toute joie
En faveur de toi, dusses-tu
Tromper encor ce moi têtu
Qui m'obstine à rester ta proie !

Me l'ont-ils assez reprochée !
Ceux qui ne te comprennent pas,
Grande maîtresse que d'en bas
J'adore, sur mon cœur penchée,

Amis de Job aux conseils vils,
Ne s'étant jamais senti battre
Un cœur amoureux comme quatre
A travers misère et périls !

Ils n'auront jamais la fortune
Ni l'honneur de mourir d'amour
Et de verser tout leur sang pour
L'amour seul de toi, blonde ou brune !

La bonne Crainte

Le diable de Papefiguière
Eut tort, d'accord, d'être effrayé
De quoi, bons dieux !

Mais que veut-on que je requière
A son encontre, moi qui ai
Peur encor mieux ?

Et quoi, cette grâce infinie
Délice, délire, harmonie
    De cette chair,

O Femme, ô femmes, qu'est la vôtre
Dont le mol péché qui s'y vautre
    M'est si cher

Aboutissant, c'est vrai, par quelles
Ombreuses gentiment venelles
    Ou richement,

Légère toison qui ondoie,
Toute de jour, toute de joie
    Innocemment,

Or frisotté comme eau qui vire
Où du soleil tiède se mire
    Et qui sent fin,

Lourds copeaux si minces ! d'ébène
Tordus, sans nombre, sous l'haleine
    D'étés sans fin

Aboutissant à cet abîme
Douloureux et gai, vil, sublime,
    Mais effrayant

On dirait de sauvagerie,
De structure mal équarrie,
    Clos et béant,

Oh ! oui, j'ai peur, non pas de l'antre
Ni de la façon qu'on y entre
    Ni de l'entour,

Mais, dès l'entrée effectuée
Dans l'âpre caverne d'amour,
    Qu'habituée

Pourtant à l'horreur fraîche et chaude
Ma tête en larmes et en feu,
    Jamais en fraude,

    N'y reste un jour, tant vaut le lieu !

Minuit

Et je t'attends en ce café
Comme je le fis en tant d'autres,
Comme je le ferais, en outre,
Pour tout le bien que tu me fais.

Tu sais, parbleu ! que cela m'est
Egal aussi bien que possible ;
Car mon cœur il n'est telles cibles...
Témoin les belles que j'aimais...

Et ce ne m'est plus un lapin
Que tu me poses, sale rosse,
C'est un civet que tu opposes
Vers midi à mes goûts sans freins.

Janvier 1895.

Vers en assonances

Les variations normales
De l'esprit autant que du cœur
En somme témoignent peu mal
En dépit de tel qui s'épeure,

Parlent par contre, contre tel
Qui s'effraierait au nom du monde
Et déposent pour tel ou telle
Qui virent et dansent en rond...

Que vient faire l'hypocrisie
Avec tout son dépit amer
Pour nuire au cœur vraiment choisi,
A l'âme exquisement sincère

Qui se donne et puis se reprend
En toute bonne foi divine,
Que d'elle, se vendre et se rendre
Plus odieuse, avec son spleen,

Que la faute qu'elle dénonce,
Et qu'au fait, glorifier,
Plutôt, en outre, *hic et nunc,*
L'esprit altier et l'âme fière !

Vers sans rimes

Le bruit de ton aiguille et celui de ma plume
Sont le silence d'or dont on parla d'argent.
Ah ! cessons de nous plaindre, insensés que nous fûmes
Et travaillons tranquillement au nez des gens !

Quant à souffrir, quant à mourir, c'est nos affaires
Ou plutôt celles des toc-tocs et des tic-tacs
De la pendule en garni dont la voix sévère
Voudrait persévérer à nous donner le trac

De mourir le premier ou le dernier. Qu'importe,
Si l'on doit, ô mon Dieu, se revoir à jamais?
Qu'importe la pendule et notre vie, ô Mort
Ce n'est plus nous que l'ennui de tant vivre effraye !

« La Classe »

Pour le canonnier Clément Cazals
en garnison à Bourges.

Allez, enfants de nos entrailles, nos enfants
A tous qui souffririons de vous savoir trop braves
Ou pas assez, allez, vaincus ou triomphants
Et revenez ou mourez... Tels sont, fiers et graves,

Nos accents, pourtant doux, si doux qu'on va pleurer
Puisqu'on vous aime mieux que soi-même — mais vive
La France encore mieux, puisque, sans plus errer,
Il faut mourir ou revenir, proie ou convive !

Revenir ou mourir, cadavre ou revenant,
Cadavre saint, revenant pire qu'un cadavre
En raison des chers torts et revenant planant
Comme des torts sur un cœur tendre que l'on navre.

S'en revenant, estropiés ou bien en point
Sous le drapeau troué, parbleu ! de mille balles,
Ou, nom de Dieu ! pris et repris à coups de poing !....
O nos enfants, ô mes enfants — car tu t'emballes,

Pauvre vieux cœur pourtant si vieux, si dégoûté
De tout, hormis de cette éternelle Patrie,
Liberté ! Egalité ! Fraternité ?
Non ! pas possible !... Enfin, enfants de la Patrie,

Allez, — et tâchez donc de sauver la Patrie,

Paris, 17 novembre 1894:

FOG !

Pour Mme···

CE brouillard de Paris est fade.
On dirait même qu'il est clair
Au prix de cette promenade
Que l'on appelle Leicester Square (1)

Mais le brouillard de Londres est
Savoureux comme non pas d'autres ;
Je vous le dis et fermes et
Pires les opinions nôtres !

---

(1) Prononcez Leste'Squère.   (Note de P. Verlaine).

Pourtant dans ce brouillard hagard
Ce qu'il faut retenir quand même
C'est, en dépit de tout hasard,
Que je l'adore et qu'elle m'aime.

A MADAME•••

Notre Dame de Santa Fé de Bogota,
Qui vous apprêtez à faire le tour de ce monde,
Or, mon émotion serait par trop profonde
Dans le chagrin réel dont mon cœur éclata,

A la nouvelle de ce départ déplorable,
Si je n'avais l'orgueil de vous avoir à ta-
Ble d'hôte vue ainsi que tel ou tel rasta,
Et de vous devoir ce sonnet point admirable

Hélas ! assez, mais que voici de tout mon cœur
Tel que je l'ai conçu dans un rêve vainqueur
Dont, hélas ! je reviens avec le bruit qui grise

D'un tambourin, bruyant sans doute mais gentil
D'être, grâce à votre talent de femme exquise-
Ment amusant, décoré d'un doigt subtil, 

A Mme Jeanne,

Je vous ai promis mon baiser pour ce soir,
En revanche vous m'avez promis la récompense
Certes imméritée, et voici que j'y pense !
Et depuis lors je vis en un si doux et vague espoir !

Mais que pour l'avenir serait donc noir
Si, pendant que je rêve à la bonne bombance
Espérée et promise, et voici que je panse
La blessure que me ferait de ne pas voir

De mes yeux, presque en pleurs dans cetteincertitude,
Vos yeux sourire avec plus de mansuétude
Que de coutume avec l'œuvre et de plus l'auteur.

Et j'ai fait ces vers-ci, qu'il fallait que je fisse,
Ne vous faisant d'ailleurs pas d'autre sacrifice
Que de vous plaire un peu, bien qu'un peu radoteur.

Annonay (Ardèche). — Imp. J. ROYER.

BIBLIOTHÈQUE
ARTISTIQUE ET LITTÉRAIRE
31, RUE BONAPARTE, PARIS

IMPRIMERIE J. ROYER A ANNONAY (ARDÈCHE).